재미있게 한글 깨치는

재미있게 한글 깨치는

맨 처음
한글 동시

김영주 지음 | 김선배 그림

휴먼H
어린이

작가의 말

동시 나라에 오신 것을 환영합니다.

띠용! 1단계, 낱말을 따라 읽어요.

기역은

감 검 공 귤

감자 가지 고구마 공짜

가다 가지다 고르다 기르다

띠 띠용! 2단계, 말놀이 동시를 따라 읽어요.

고구마도 공짜

구슬도 공짜

다 공짜

그럼 나도 공짜?

한겨울, 식구들과 카페에 갔어요.

화덕에서 갓 나온 군고구마

은박지 떼어 내고

군고구마 껍질 벗기면

노릇노릇 속살 나와요.

호호 불며 한 입 먹으면

달콤한 고구마 입에서 살살 녹아요.

자, 그럼 동시 나라로 슝! 따라 읽다 재미나면 여러분도 한번 시를 써 봐요.

2025년 이른 봄

김영주

차례

작가의 말 동시 나라에 오신 것을 환영합니다 • 4

아기 • 12

흉터 • 13

야채 김밥 • 14

짬뽕공 • 15

어부바 • 16

엄마 • 17

여행 • 18

수박 빙수 • 19

오리 • 20

할아버지 • 21

학교 가는 날 • 22

욕 연습 • 23

웃자 • 24

신문지 우산 • 25

유령 • 26

유리창 • 27

으 • 28

무서운 개 • 29

이 • 30

치과 • 31

2부

신기한 가게 • 34

고구마 • 35

악어와 학 • 36

약 • 37

누나 • 38

너 • 39

눈싸움 • 40

윤슬 • 41

드디어 • 42

다리 • 43

걷다 • 44

새살 돋다 • 45

우리 • 46

리모컨 • 47

말 • 48

일요일 • 49

그러지 마 • 50

마라탕 • 51

잠 • 52

김밥 • 53

발 • 54

바지 • 55

집게 • 56

후덥지근 • 57

손 • 58

슈크림빵 • 59

덧옷 • 60

못난이 삼 형제 • 61

3부

닿소리
ㅇ~ㅎ

양 • 64

옹달샘 • 65

놀장 • 66

강낭콩 • 67

자꾸 자래 • 68

자전거 • 69

늦잠 • 70

젖 • 71

차 • 72

축구 • 73

돛 • 74

덫 • 75

코끼리 • 76

코피 • 77

부엌 • 78

저물녘 • 79

타조 • 80

타이어 • 81

팥빙수 • 82

같다 • 83

놀고파 • 84

파도 • 85

옆 • 86

덮다 • 87

하마 아저씨 • 88

할머니 댁 • 89

찧다 • 90

넣으니 좋다 • 91

4부 된소리 겹홀소리 겹받침

까치와 까미 • 94

볶음 요리 • 95

따끔 • 96

왕뻥쟁이 • 97

쌍쌍바 • 98

옛날 받침은 쌍시옷 • 99

짬짜탕 • 100

해 • 101

나이테 • 102

얘기 • 103

옛날 아이스크림 • 104

사과 • 105

고마워 • 106

왜가리 • 107

웩! • 108

외할머니 • 109

귀 • 110

윙 • 111

앉으니 편하다 • 112

많으면 많을수록 • 113

닭 • 114

닮다 • 115

넓은 • 116

닳은 연필심 • 117

핥아서 먹다 • 118

없는 • 119

몫 • 120

도움말 우리 글자의 맛을 알려 주는 한글 동시
내 이야기를 꺼내고 싶게 만드는 동시집 • 122

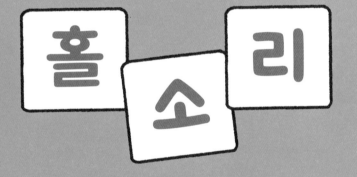

1부

홀소리

아기

아장아장 걷는 아기
귀엽지.
까르르 웃는 아기
예쁘지.
귀엽고 예쁜 아기였던 난
지금 뭐지?

흉터

친구랑 놀다

손가락을 베였지.

피가 많이 났어.

헝겊으로 꽉 눌렀지.

부모님은 일 나가 없으니

병원 가 꿰매는 일은

생각도 못 했지.

아직

검지에

ㄴ 모양 흉터가 있어.

ㅑ

야채 김밥

야채 김밥에 들어 있는 것은?

야채.

치즈 김밥에 들어 있는 것은?

치즈.

그럼,

꼬마 김밥에 들어 있는 것은?

꼬마야!

야구 하면 '짬뽕공'이 떠올라!

짬뽕공

짬뽕공, 찜뽕공.

말랑말랑 고무공.

방망이 대신

손이나 주먹으로 치는

손 야구, 주먹 야구.

홀소리　　　어깨 · 어머나 · 어부바 · 어항 · 엄마 · 잉어

어부바

엄마는 아기 엉덩이 토닥토닥.

아기는 엄마 등에서 코 자장.

16

어부바 하면 '엄마'가 떠올라!

엄마

깜깜한 밤

엄마는 아기를 업고

산을 넘었다.

아기는 연신 옹알대고

아기 업힌 등 따뜻해

엄마는

산짐승 소리도

무섭지 않았다.

엄마는

아기였던 내게 기대

아슬아슬 산을 넘었다고

몇 번이나 내게 말했다.

ㅕ

여행

영국 여우는 헬로우!

중국 여우는 니하오!

한국 여우는 안녕!

18

여름 하면 '수박 빙수'가 떠올라!

수박 빙수

한여름

반으로 쪼갠 수박 한 덩이

숟가락으로 수박 속살 퍼서

양재기에 담고

쪼갠 얼음을 넣는다.

엄마가 퍼 준 수박 빙수 한 그릇에

여름 더위 끝.

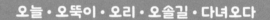

홀소리

오늘 · 오뚝이 · 오리 · 오솔길 · 다녀오다

오리

더운 날 오솔길 땅 오리

비 온 날 물속에 물오리

눈 온 날 쌍둥이 눈 오리.

오리 하면 '할아버지'가 떠올라!

할아버지

돌아가신 할아버지는

요구르트를

오리구두라 말하셨다.

할아버지가 보고 싶다.

학교 가는 날

월요일 가는 날

화요일 노는 날

수요일 가는 날

목요일 노는 날

금요일 가는 날

토요일 맘껏 노는 날

일요일 실컷 노는 날.

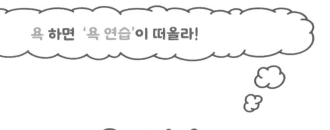

욕 연습

유치원 때

거울 앞에서

샬랄라 샬라

무슨 말인지도 모르고

욕 연습.

웃자

우산 우비 우박

우체국 우체통 우체부

우주 우주선 우주인

우우우 저마다 웃자.

우산 하면 '신문지 우산'이 떠올라!

신문지 우산

갑자기 비 내린 날

우산 없으면

신문지 쓰고

집에 갔다.

신문지 우산.

유령

유령이 웃을 땐 으히히히
유령이 화낼 땐 으스스스.
유령이 거울 보고 유령이다!

유리 하면 '유리창'이 떠올라!

유리창

발야구하다 학원 유리창을 깼다.

우리가 손 들고 벌서는 사이

유리창에 남은 유리 조각을

기사님이 다 떼 냈다.

학원 수업 마치고 나올 때

"로봇 브이!"

친구가 만화 주인공 로봇 이름을 외치며

깨진 유리창으로 돌진했다.

"와장창!"

유리창이 또 깨졌다.

친구는 다행히 크게 다치진 않았다.

하루 두 번이나 학원 유리창을 깨 먹었다.

홀소리

으깨다 · 으뜸 · 으르렁 · 으악 · 옹가

으

왼쪽으로 돌리면 01

오른쪽으로 돌리면 10.

으르렁 하면 '무서운 개'가 떠올라!

무서운 개

난 개가 무섭다.

좁은 골목길 지날 때

집 안에 있는 개라도

으르렁!

개 짖는 소리가 나면

튀어나올까 무서워

다른 길로 돌아서 간다.

홀소리

이 · 이름 · 이불 · 이상하다 · 이웃집 · 나이

 이

1, 2의 이
입속의 이
벌레의 이
저쪽 말고 이쪽의 이.

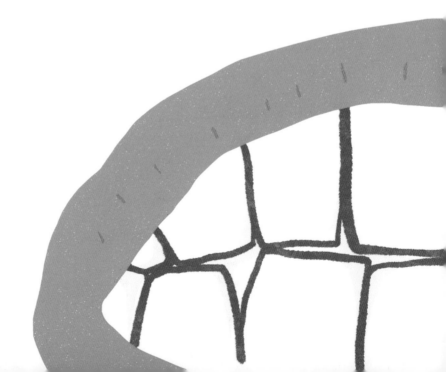

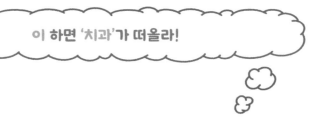

치과

위이이잉
드르르륵
기계 소리
생각만 해도
머리가 띵.

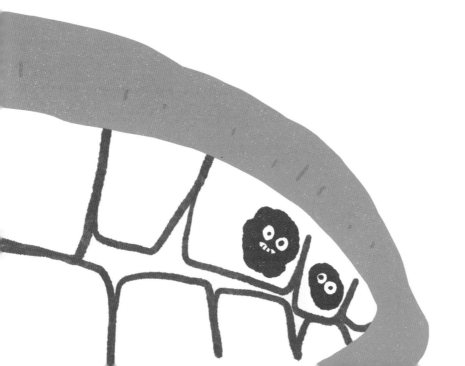

2부

닿소리
ㄱ ~ ㅅ

신기한 가게

신기한 가게에 가면

귀여운 악어 주인이

거위 가위 고구마 감자를

골라 골라 아무거나 골라

고르는 대로 공짜 아무거나 공짜

공짜로 준대요.

고구마

할머니는
물렁물렁 물컹 고구마
좋아하고요.

나는
파삭파삭 밤고구마
고구마 가운데 고구마
밤고구마가 좋아요.

받침 닿소리

거북이 · 걱정 · 기억 · 녹다 · 독 · 막다

ㄱ

악어와 학

악어 등에서
학이 하는 말
"용용 죽겠지."
약 오른 악어
약국에 갔더니
약사가 주는 약
"용용 살겠지."

약

일요일

갑자기 열은 나지요.

약통에 약은 없지요.

약국 문은 닫혔지요.

이마에 찬 물수건 여러 번

엄마 덕에 겨우 열 내렸어요.

누나

누나는 나무를 좋아하고

나는 너를 좋아해.

너

나 앞에 너

너 앞에 나.

너 있어 나 있고

나 있어 너 있다.

ㄴ

눈싸움

눈 부릅뜨고 눈 깜빡이면 지는 눈싸움.

눈 내린 날 눈 뭉쳐서 하는 눈싸움.

윤슬

동쪽 바다 이른 아침

잔물결 위 은빛 햇살.

반짝반짝 윤슬

내 이름도 윤슬.

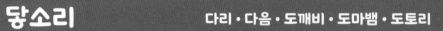

닿소리

다리 · 다음 · 도깨비 · 도마뱀 · 도토리

ㄷ

드디어

한 문제만 풀면

드디어 쉬는 시간.

기다리고 기다리던 쉬는 시간.

다리

아기다리고기다리던

여름 방학

ㄷ

걷다

밤길 걷다가
"히히히히." 소리 듣고
"누구?" 묻자
"도깨비." 하고 바로 받으니
소름이 돋았다.

새살 돋다

자전거 타다 넘어져

팔뚝 살이 까졌다.

피가 났다.

새살이 돋는 반창고 붙였다.

진물이 났다.

이제 거의 나아 간다.

새살 돋자

간질간질 간지러워

반창고로 손이 간다.

자꾸.

우리

얄밉다가도 사르르 풀리고

울다가도 방실방실 웃는 친구.

얼다가도 스르르 녹는

우리는 둘도 없는 친구.

리모컨

아빠 손에 들어간 리모컨

절대 못 뺏는다.

아빠 좋아하는 드라마 볼 때

더 그렇다.

받침 닿소리

날개·말·물방개·살다·솔방울·실

ㄹ

말

말이 말을 해도
말을 잘 알아듣지 못하길래
말한테 내 말 잘 듣고 있냐고
따져 물었더니
말이 나한테 하는 말
"말 참 많네."

일요일

월요일에 일찍 깨고
일요일에 늦잠 자도 되는데

일요일에 일찍 깨고
월요일에 늦잠 잔다.

닿소리

마 · 마녀 · 마라탕 · 마지막 · 머리 · 모기

그러지 마

자꾸 놀리지 마.

싫은 별명 부르지 마.

다음부터 그러지 마.

마라탕

담임 선생님 볼 때마다

"급식에 마라탕 나오게 해 주세요."

영양사 선생님 만날 때마다

"마라탕 넣어 주세요."

그러다 정말

급식에 마라탕이 나왔다.

ㅁ

잠

밤나무는 잠을 못 자 밤이 싫었고

감나무는 잠을 푹 자 감을 찾았대.

김밥

김 한 장 펼치고
모락모락 방금 지은 밥
한 숟가락 얹고
돌돌 말아 입으로 쏙.
여기에
깍두기 하나 곁들이면
내 으뜸 김밥.

ㅂ

발

발 발목 발가락

발등 발짓 발바닥

아기 발에 발싸개.

바지

바지 지퍼
내려간 줄 모르고
여기저기
돌아다녔다.

ㅂ

집게

집어서 집어서 집게

집어서 집어서 집게발

집어서 집어서 집게벌레

집어서 집어서 집게손가락.

후덥지근

후덥지근

푹푹 찐 날.

답답한 날.

갑갑한 날.

물놀이하기

딱 좋은 날.

미소 · 사과 · 사다리 · 사랑 · 서다 · 소나기

손

손 손목 손가락

손등 손짓 손바닥

아기 손에 손싸개.

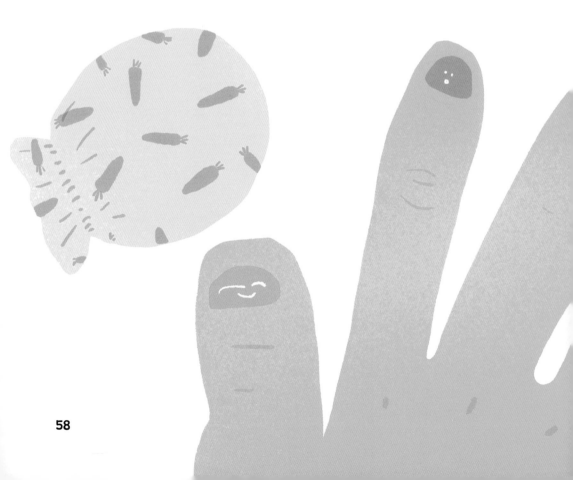

슈크림빵

물컹물컹
콧물 같은
슈크림빵보다

보들보들
솜사탕 같은
그냥 크림빵이
좋아.

옆에 있던 삼촌
아니거든.
난 팥빵이 좋아.

덧옷

옷 위에 옷 덧옷

신 위에 신 덧신

이 사이 이 덧니.

못난이 삼 형제

웃는 얼굴 하하하

우는 얼굴 엉엉엉

화난 얼굴 째려봐.

3부

닭소리
ㅇ~ㅎ

ㅇ

양

양이 용을 타고 올라요.

씽씽 바람 타고 날아요.

뭉실뭉실 구름을 지나요.

양은 용 친구를 만나

하늘 나는 꿈을 이뤘어요.

옹달샘

내 나이 천오백 살.
착한 일 많이 해서
마을 뒷산 산신령님
젊어지는 옹달샘 알려 주셨지.

옹달샘 물 떠다
냉장고에 넣어 두고
날마다 한 모금씩 마셨다네.

빠졌던 머리카락 다시 자라고
쪼글쪼글 주름 다시 펴지며
점점 젊어지고 있다네.

놀장

나도 붙여 주랑

그랭

함께 놀장

뭘 하고 놀깡

술래잡기하장

좋당

안 내면 술랭

가위 바위 봉

강낭콩

콩 가운데 콩

왕 강낭콩

호랑이 강낭콩.

밥에 넣은 호랑이콩

제일 맛나요.

닿소리

자꾸 · 자동차 · 자두 · 자전거 · 잠잠하다

ㅈ

자꾸 자래

자기 싫은데 자꾸 자래.

전깃불 꺼 주고 자래.

거실에서 형아는 텔레비전 보면서.

자전거

5학년 때 처음
자전거 빌려 탔다.
비틀비틀 비척거리다
전봇대 들이박았다.
얼른 일어나
자전거 망가지지 않았나 살폈다.
다행히 자전거는 멀쩡했다.
그제야
까진 무릎이 쓰라렸다.

늦잠

늦게까지 자는 잠, 늦잠.

낮에 자는 잠, 낮잠.

젖

엄마는

내가 늦게까지 젖을 먹었다 했다.

젖을 떼려고 엄마 젖에

빨간약까지 발랐다 했다.

그런 내가

많이 컸다 했다.

엄마가.

차

녹차 홍차 감잎차는

마시는 차.

주차 세차 자동차는

다니는 차.

축구

7월 한여름
학교 운동장 축구.

목마를 땐
벌컥벌컥 수돗물 마셨고

삐질삐질 땀 날 땐
수돗가 수돗물에 머리 감았다.

받침 닿소리

꽃다발·낮가림·내쫓다·덫·돛단배

돛

돛을 달아서 돛단배

윷으로 놀아서 윷놀이

낮을 가려서 낮가림.

덫

집 천장에 쥐가 있다.

아빠가 쥐덫을 놓았다.

덫에 새앙쥐가 들었다.

아빠 낯빛이 어두웠다.

아빠는 쥐를 놓아주었다.

ㅋ

코끼리

코끼리와 코알라가 함께 길을 갔어요.
지친 코알라한테 코끼리가 말했어요.
"내 코에 타. 같은 코 씨끼리 도와야지."
코알라는 코끼리 코를 타고 갔어요.

코피

코피가 난다.

머리 젖히고

휴지 돌돌 말아

콧구멍 막는다.

목구멍으로 피 넘어간다.

짭조름하다.

콧구멍 빨간 휴지 빼고

새 휴지 말아

콧구멍 또 막는다.

ㅋ

부엌

부엌에 가면 라면이 있고

부엌에 가면 라면이 있고, 젓가락이 있고

부엌에 가면 라면이 있고, 젓가락이 있고, 간식이 있네.

저물녘

해 뜰 녘 붉은 해는

강릉 정동진에서 보았고

해 저물녘 노을은

인천 정서진에서 보았다.

닿소리

놀이터 · 아파트 · 타다 · 타이어 · 타조

타조

타조와 낙타가 장터에 나타났어요.

타조는 낙타를 보고 놀라고

낙타는 타조를 보고 놀라서

타조와 낙타는 타타타타 달아났대요.

타이어

아빠 차로 학교 가는 길
왕숙천 뚝방길.
도로 옆 돌계단에 부딪혀
자동차 오른쪽 앞바퀴
고무 타이어 쪽 찢어졌다.

견인차에 끌려
카센터로 갔다.

팥빙수

한여름

밑바닥 보일 때까지

끝없는 숟가락질.

같다

같은 얼굴

같은 말투

같은 옷.

쌍둥이 친구는

아플 때도

같이 아프다.

신기하다.

놀고파

친구랑 노니까 배고파.

밥 먹으러 집에 가고파.

먹고 나니 또 놀고파.

파도

성난 파도
하얀 등 어깨 걸고
우르르
떼거리로 몰려온다.

잠잠한 파도
작은 흰 게
살금살금 걸어가다
거품처럼 흩어진다.

ㅍ

옆

앞에 가는 사람, 도둑.

뒤에 가는 사람, 경찰.

옆에 있는 사람, 구경꾼.

"도둑 잡아라!"

덮다

가을 아침 선선한 바람.

얼굴 위로 이불 덮으면

포근포근 잠이 솔솔.

하마 아저씨

하마 아저씨가 밤길을 가는데
도깨비가 나타나 씨름 한판 붙자네.
하늘이 밝을 때까지 씨름하다 보니
허수아비를 잡고 있더래.
허깨비를 본 거지.

할머니 댁

추석날
친할머니 댁에서 점심 먹고
외할머니 댁으로 출발.

휴게소 없는 내부 순환 도로
차 막혀 서너 시간 걸리면
도로 나오자마자
가까운 주유소 화장실로 들어간다.
화장실에서 소변부터 본다.

찧다

발로 디뎌서 곡식을 찧거나 빻는 방아는?

디딜방아.

눈 내리는 날 찧는 방아는?

넣으니 좋다

장 본 것

비닐봉지 말고

가져간

장바구니에 넣으니

좋다.

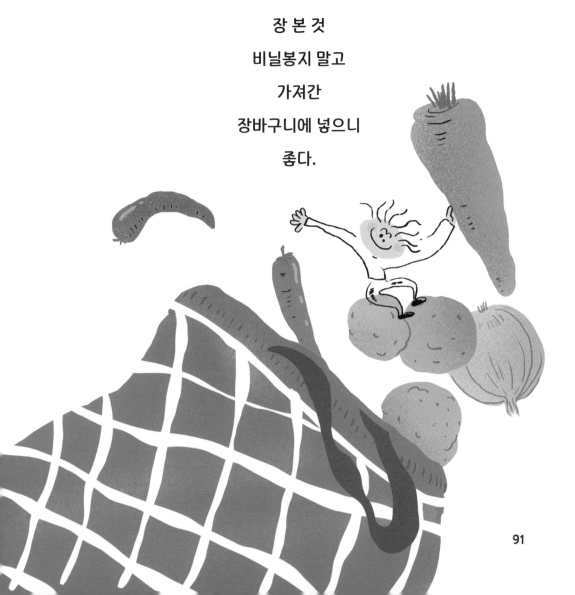

4부

된소리 겹홀소리 겹받침

된소리

까마귀 · 까치 · 꼬끼오 · 꼬리 · 미꾸라지

ㄲ

까치와 까미

까무잡잡 까치가

까만 강아지 까미에게

"넌 눈 빼고 다 까맣구나."

까만 강아지 까미가

까무잡잡 까치에게

"까맣기는 너도 만만치 않아."

볶음 요리

비빔밥보다 볶음밥.

짜장보다 볶음짜장.

그냥 탕보다 불닭볶음탕.

나는 볶음 요리가 좋다.

따끔하다 · 따다 · 따뜻하다 · 똥 · 허리띠

따끔

주사 맞으면 따끔

거짓말 들통나면 뜨끔.

된소리

뻐꾸기 · 뻥 · 뻥튀기 · 뽀뽀 · 삐약삐약

왕뻥쟁이

난 자꾸
거짓말이 입에서
튀어나온다.
왕뻥쟁이다.

뻥이야!

쌍쌍바

껍질 벗기고

막대기 두 개

양손으로 잡고

살그머니 잡아당겨야

쌍둥이 쌍쌍바가 된다.

쌍둥이 초코 맛 쌍쌍바.

옛날 받침은
쌍시옷

가다 갔다 갔습니다.

오다 왔다 왔습니다.

사다 샀다 샀습니다.

지금, 옛날 짧게, 옛날 길게.

옛날 받침은 쌍시옷.

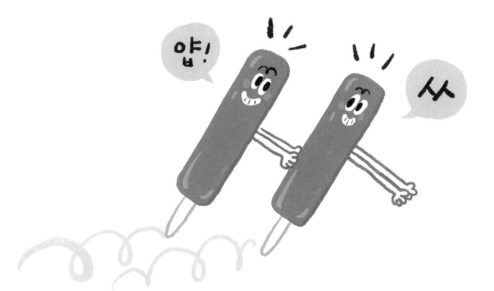

짬짜탕

엄마, 달콤 짜장.

아빠, 얼큰 짬뽕.

누나, 반반 짬짜.

나, 곱빼기 짬짜탕.

해

개미랑 매미가 붙어 다니고

개랑 매랑 몰려다니자

해가 하는 말.

패거리 짓지 말고

새 친구 사귀며

함께 어울려요.

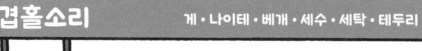

겹홑소리

게 · 나이테 · 베개 · 세수 · 세탁 · 테두리

ㅔ

나이테

동글동글 나이테
나이테 수가
나무 나이랍니다.

얘기

이 아이 줄임말 얘

저 아이 줄임말 쟤

그 아이 줄임말 걔

이야기 줄임말은?

겹홀소리

계단 · 계절 · 시계 · 예 · 예의 · 옛날

옛날
아이스크림

도둑이 제일 싫어하는 옛날 아이스크림은

누가바.

도둑이 제일 좋아하는 옛날 아이스크림은

보석바.

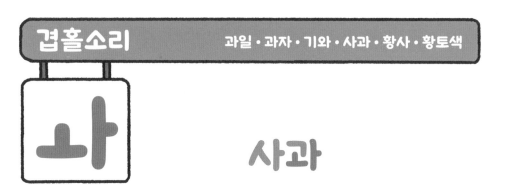

사과

사과 과일 나눠 먹으며

미안한 일 사과하는 날.

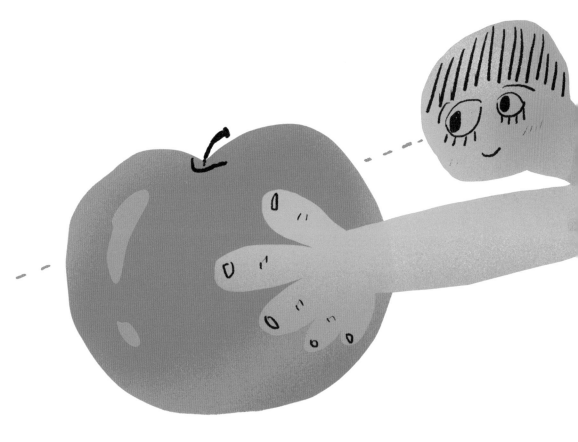

겹홀소리

고마워 · 병원 · 시원 · 원숭이 · 타워

ㅝ

고마워

엄마,
낳아 줘서 고마워요.
키워 줘서 고마워요.
있어 줘서 고마워요.
사랑해요.

왜가리

딱따구리야.

왜 자꾸 딱딱거리니?

딱따구리니까.

그런 넌 왜 자꾸 물어보니?

그야 내가 왜, 왜,

왜가리니까.

웩!

길 가는데
어떤 사람이
꿱꿱거리다
바닥에 침을
퉤!
뱉었다.

웩!

외할머니

시골 외할머니 댁 갔다 돌아오는 날
외할머니는 버스 타는 곳까지 따라와
나물 뜯어서 말려서 판 돈
꼬깃꼬깃 접힌 돈
치마 속주머니에서 꺼내
외손주인 내게 주셨다.

돌아가셨지만 보고 싶은
외할머니.

겹홀소리

거위 · 귀 · 바위 · 쉬다 · 키위 · 튀김

귀

귀지 팔 때 귀이개

시끄러운 소리 막는 귀마개

겨울 모자에 달린 귀덮개.

겹홀소리

잉

우산이 없는데
비가 오네.
잉!

한 일도 없는데
내일이 개학이네.
잉!

ㄴㅈ

앉으니 편하다

전철에서 서 있다 자리에 앉으니 편하다.

짝 바꾸는 날 좋아하는 친구랑 앉아서 기쁘다.

많으면
많을수록

칭찬은 많으면 많을수록 좋다.

용돈도 많으면 많을수록 좋다.

하지만

잔소리는 적으면 적을수록 좋다.

닭

세상에서 제일 비싼 붕어는?

금붕어.

세상에서 가장 달콤한 벌은?

꿀벌.

세상에서 제일 빠른 닭은?

뭘까요?

20

닮다

아빠는

잘하는 것, 좋은 것은

다 아빠 닮았다 하고

못하는 것, 안 좋은 것은

다 엄마 닮았다 한다.

겹받침   넓다 · 떫다 · 밟다 · 얇다 · 여덟 · 짧다

넓은

교실보다 넓은 운동장

운동장보다 넓은 바다

바다보다 넓은 우주

우주보다 넓은 사랑.

겹받침 끓다 · 닳다 · 싫다 · 앓다 · 옳다 · 잃다

닳은 연필심

연필깎이로 깎은

뾰족한 연필심보다

어느 정도 닳은

뭉툭한 연필심이 좋아.

117

겹받침 겉핥다 · 내리훑다 · 핥다 · 훑다

핥아서
먹다

고양이는 참치를 핥아서 먹고

강아지는 요구르트를 핥아서 먹고

나는 아이스크림을 핥아서 먹는다.

겹받침   가없다 · 값 · 값지다 · 거침없다 · 없다

없는

계란 있는 계란빵.

붕어 없는 붕어빵.

겹받침

넋 · 넋두리 · 몫 · 삯바느질 · 품삯

ㄱㅅ

몫

급식 시간

새우튀김

한 사람에 세 개씩.

친구 몫도 세 개

내 몫도 세 개

똑같이 세 개.

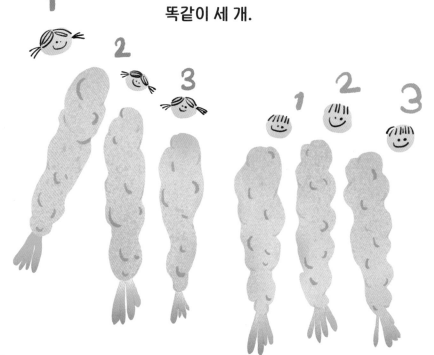

따라 읽어 봐!

우리 글자의 맛을 알려 주는 한글 동시
내 이야기를 꺼내고 싶게 만드는 동시집

이유진(동시 평론가, 치동초등학교 교사)

《재미있게 한글 깨치는 맨 처음 한글 동시》라는 제목 안에는 '맨 처음'이라는 시기와 '한글 동시'라는 갈래가 들어 있습니다. 한글을 맨 처음 익히는 어린이 독자들을 위하여 기획한 동시집이라는 말입니다. 홀소리 동시, 닿소리 동시, 된소리·겹홀소리·겹받침이 들어간 동시로 구성된 동시집 체계는 한글 익히는 교재들의 순서와도 비슷합니다. 홀소리와 닿소리 등을 익힐 때마다 차례차례 어린이들에게 읽어 주고 따라 읽도록 하기에 좋은 구성입니다. 시중에 나와 있는 한글 교재들이 단순히 낱말들을 나열하는 구성으로 되어 있어 맥락이 부족하고 재미도 없는데, 동시를 통해 말맛을 충분히 느끼며 해당 자모음을 공부하면 어린이들이 훨씬 재미있게 한글을 익힐 수 있습니다. 이런 면에서 《맨 처음 한글 동시》는 좋은 한글 교육 교재라고 할 수 있습니다.

그렇다고 단순히 한글 학습만을 위한 동시집은 아닙니다. 《맨 처음 한글 동시》에는 말놀이 동시 외에 어린이들이 직접 썼을 법한 생활 동시들이 말놀이 동시와 거의 같은 비중으로 실려 있습니다. 생활 동시들은 "잠깐! 이 낱말(또는 글자)에 대해 생각나는 나의 이야기가 있어, 너도 나처럼 너의 이야기를 해 보렴." 하고 말을 겁니다. 글자를 깨치는 것만이 목표라면 되레 한글 학습을 지연시키는 것처럼 보이기도 합니다. 하지만 곰곰이 생각해 보면 그렇지 않습니다. 어린이들이 처음 말을 배울 때 어른들의 말을 모방하는 것처럼 글을 배우기 위해서도 충분히 모방을 하며 자신의 이야기로 바꾸어 보는 경험이 필요한데, 《맨 처음 한글 동시》는 글자를 배우는 진정한 의미를 이렇게 보여 주고 있는 것이지요. 말놀이라며 '놀이'를 강조하는 듯 싶지만 실제는 학습을 놀이로 가장하여 빨리 글자를 깨치고 그래서 더 많은 학습을 하기를 바라는 어른들의 욕심을 뜨끔하게 만듭니다. 《맨 처음 한글 동시》는 한글을 깨칠 때 읽고 '한글 뗀' 이후에는 읽을 맛이 없어지는 시시한 동시집이 아니라 한글을 익히고 난 다음에도 또 읽으며 내 이야기를 쓰고 싶어지게 만드는 힘을 갖고 있습니다.

1부 홀소리 동시는 홀소리 동시와 함께 홀소리가 들어간 낱말들

그리고 그 낱말이 부르는 새로운 동시가 이어집니다. 'ㅏ' 홀소리 편을 살펴볼까요? 'ㅏ'가 들어가는 수많은 낱말 중에서 '아기'를 소재로 한 동시가 나옵니다.

아기

아장아장 걷는 아기
귀엽지.
까르르 웃는 아기
예쁘지.
귀엽고 예쁜 아기였던 난
지금 뭐지?

1, 3행의 첫 글자에 모두 'ㅏ'가 들어가 있고, 5행의 "귀엽고 예쁜 아기였던" '나'로 귀결되며 'ㅏ' 모음의 소릿값을 충분히 느낄 수 있습니다. 여기에 2, 4, 6행이 모두 '-지' 동일 어미로 끝나면서 각운의 리듬감도 느껴집니다. 여러 번 소리 내서 낭송하다 보면 금방 외울 만큼 짧고 간결한 맛이 있는 동시입니다. 또 어린이들이라면 시적 화자에 충분히 공감하며 자신의 이야기를 꺼내 볼 만하겠지요? 이렇게 'ㅏ' 홀소리를 익힙니다. 그러고 나서(또는 그 전에) 'ㅏ'가 들어간 다양한 낱말들을 찾아볼 수도 있습니다. 예시 낱

말로 제시된 '아기, 아들, 아이스크림, 아프다, 악어' 등을 참고해서 말입니다.

그런데 〈아기〉 다음에 나온 생활 동시 〈흉터〉는 언뜻 보면 생뚱맞게 느껴지기도 합니다. 보통은 'ㅏ'편이니까 〈아기〉 다음에는 '아이스크림'이나 '나무' 같은 동시가 나오기 마련이니까요. 하지만 이렇게 엉뚱함으로 연결되는 것이 오히려 독특하고 재미있다고 할 만합니다. (〈어부바〉와 〈엄마〉처럼 홀소리가 겹치면서 소재끼리 서로 연결되는 동시들도 있지만) 예시 낱말 중 '아기, 아들, 아이스크림, 아프다, 악어' 중에서 '아프다'를 선택하여 "아프다 하면 '흉터'가 떠올라!"로 이어지고, 〈흉터〉라는 생활 동시가 나옵니다. 'ㅏ'와 '흉터'는 같은 홀소리가 들어가지 않지만, 그 사이에 '아프다'라는 다리를 건너왔기에 자연스럽게 이어지는 말이 됩니다. '흉터'라는 소재는 어린이들의 삶과 한결 가까워 자신들의 이야기를 불러오기에 맞춤합니다. 'ㅏ'를 배우니까 'ㅏ'가 들어간 낱말로만 이야기(또는 시 쓰기)를 해야 해, 라는 제약이 없다는 점은 "맘껏 네 이야기를 해도 돼!"와 같은 폭넓은 허용을 의미하기도 합니다. 'ㅏ'가 들어가는 다양한 낱말들을 찾아보고, 그중 어떤 낱말을 선택하여 어떤 색다른 이야기를 불러올지 모르기 때문에 그 자체가 재미있는 이야깃거리가 될 수 있습니다.

2부와 3부의 닿소리 동시들은 첫소리로 날 때와 받침소리로 날 때를 구분하여 제시한 점도 눈에 띄는 구성입니다. 한글 교육을 위한 비슷한 말놀이 동시들이 닿소리가 첫소리로 쓰일 때만 다룬 것과 다른 점입니다. 어린이들이 한글을 익힐 때 최종 관문이라고 할 수 있는 부분이 바로 받침이라는 것을 잘 알고 있는 교사로서의 경험이 녹아든 구성입니다. 'ㄷ'의 경우를 살펴볼까요? 〈드디어〉와 〈다리〉는 첫소리로서의 동시로, 〈걷다〉와 〈새살 돋다〉는 'ㄷ'이 받침으로 쓰이는 경우로 구분되어 있습니다.

걷다

밤길 걷다가
"히히히히." 소리 듣고
"누구?" 묻자
"도깨비." 하고 바로 받으니
소름이 돋았다.

'걷다'과 '듣다', '묻다', '받다', '돋다'와 같은 'ㄷ' 받침이 들어간 말들이 짜임새 있게 이어져 있고, 이렇게 반복된 받침 'ㄷ'의 낱말들을 읽다 보면 받침 'ㄷ'의 소릿값을 정확하게 알 수 있습니다. 동시에 어린이들이 일상에서 자주 쓰는 동사들을 쉽게 익힐 수 있어 나만의 문장도 만들어 볼 수도 있겠지요.

4부는 된소리와 겹홀소리, 겹받침을 다룬 동시들입니다. 특히

겹홀소리와 겹받침은 어린이들이 한글을 깨칠 때 가장 어려워하는 부분이기도 합니다. 그렇다 보니 〈옛날 받침은 쌍시옷〉이나 〈애기〉는 문법적인 차이를 쉽게 설명하려고 한 시도가 엿보입니다.

옛날 받침은
쌍시옷

가다 갔다 갔습니다.
오다 왔다 왔습니다.
사다 샀다 샀습니다.

지금, 옛날 짧게, 옛날 길게.
옛날 받침은 쌍시옷.

어려운 문법을 글자 수를 맞춰 리듬감 있게 보여 주는 방식으로 풀어 썼습니다. 제목을 두 줄로 배치하여 궁금증을 제시한 것도 재밌습니다. 자꾸자꾸 읽다 보면 저절로 문법 공부가 될 만합니다.

1부처럼 해당 홀소리에 말놀이 동시 한 편과 생활을 담은 동시 한 편이 짝꿍처럼 들어가 있는 것은 아니지만, 나머지 부분에서도 말놀이 동시와 생활 동시가 고루 들어가 있습니다. 어린이 화자의 경험을 담은 생활 동시들은 시인의 어릴 적 경험이 들어갔다고 짐작하게 되는 〈엄마〉나 〈덫〉과 같은 몇 편을 제외하고는 요즘 어린이가 직접 쓴 것 같은 느낌이 들 정도로 어린이의 말법과 닮아 있습니다. "아이 자신은 목표하거나 의도하지 않았지만 아이들의 글에서 어른들 글에서 볼 수 있는 것과는 다른, 세상에 대한 날카로운 직관, 순정한 마음, 단순성 속의 지혜, 다른 눈높이에서의 삶에 대한 성찰 등을 발견하고 감동한다."[*]라는 어린이 시에 대한 잣대를 가져와 읽어도 될 정도입니다. 새롭고 감각적인 표현이나 언어 형식에서의 갱신을 따져 시로써의 완성도를 높이는 데 공을 들였다기보다 어린이가 되어 어린이처럼 자연스럽게 쓰는 데 초점을 맞추었습니다. 아무래도 시인이 오랫동안 교사 생활을 하면서 어린이 글을 많이 보았고, 어린이 글쓰기 지도를 많이 했던 까닭이라고 짐작합니다.

덧붙여 '시'라는 갈래를 어린이들이 쉽게 받아들이기를 바라는 바람도 들어가 있는 듯 보입니다. 김영주 선생님이 오랫동안 따르려고 했던 이오덕 선생님 영향도 크다고 생각합니다. 이오덕 선생님은 우리말은 쉽고, 곱고, 아름다운 말이며 그런 말을 우리글로 적을 때 '강아지도, 참새도, 냉이풀도 알아듣는다'고 노래한 적[**]이

---

[*]   김이구, 《해묵은 동시를 던져 버리자》, 창비, 2014, 80쪽
[**]   이오덕, 〈우리말 노래〉, 《우리 선생 뿔났다》, 고인돌, 2018

있습니다. 쉽고 자연스러운 우리말과 우리글로 공부하자는 이오덕 선생님의 뜻과 김영주 선생님의 생각이 맞닿은 지점입니다. 처음 한글을 깨치는 어린이들이 자신들이 쓴 것처럼 꾸밈없이 쓴 시를 읽으면 어떤 생각을 할까요? 나도 이런 시를 쓸 수 있겠네, 하는 마음이 들 것 같습니다. 그래서 〈놀장〉 같은 시는 맞춤법에 맞추기보다 어린이들이 생활에서 쓰는 입말을 고스란히 가져온 것이겠지요.

생활 동시와 함께 《맨 처음 한글 동시》에서 눈이 가는 부분은 말과 글자로 '놀이'를 하는 형식을 많이 활용한 점입니다. 말놀이 동시를 이야기할 때 의성어나 의태어처럼 흉내 내는 말을 넣거나 말을 반복하여 리듬을 만들어 내는 방식도 있지만, 이 동시집에서는 그런 표현 방법이 별로 없습니다. 대신 묻고 답하거나 수수께끼처럼 문제를 내는 놀이(〈야채 김밥〉, 〈옛날 아이스크림〉, 〈닭〉), 동음이의어를 갖고 노는 놀이(〈이〉, 〈눈싸움〉, 〈말〉. 〈잠〉, 〈차〉 등) 또는 어휘 불리기 놀이(〈발〉, 〈집게〉, 〈손〉, 〈덧옷〉)로 말의 재미를 느끼도록 되어 있는 경우가 많습니다. 놀잇감이나 준비물이 필요 없는 놀이, 언제 어디서나 가능한 놀이, 머릿속으로 뚝딱 만들어 낼 수 있는 말놀이를 보여 주고 있습니다. 이것 역시 혼자서 한글을 깨치는 상황에서는 재미가 덜할 텐데 여럿이 함께 읽는 상황이라면 즐거운 놀이가 되고, 다양한 놀이로 변주될 가능성이 있습니다.

한글을 깨치는 것이 단순히 글자를 아는 것이 아니라 내 말을 글로 옮기거나 글을 읽고 내 말로 옮길 수 있는 일로 확장되어야 합니다. 그러려면 재미와 의미가 동시에 있어야겠지요. 말을 갖고 놀아 보는 재미, 내 삶이 글이 되는 재미가 《맨 처음 한글 동시》에 고스란히 들어가 있습니다. 그 재미는 내 삶의 이야기를 꺼내고 싶어지게 만듭니다. 그러니 의미도 자연스럽게 따라옵니다. 여기에 필수 조건이 하나 있습니다. 어린이들의 이야기를 귀하게 들어 줄 청자가 필요합니다. 《맨 처음 한글 동시》를 어린이들에게 읽어 주는 어른들이 많으면 좋겠습니다. 《맨 처음 한글 동시》로 어린이들과 서로 이야기를 나누는 시간이 많으면 좋겠습니다.

이유진 경기 치동초등학교 교사입니다. 《그림책이 내게로 왔다》(공저), 《이야기 넘치는 교실 온작품읽기》(공저), 《다시, 온작품읽기》(공저)를 펴냈고, 〈지킬 박사와 하이드 씨〉 등 동시와 동시 평론을 발표했습니다.

재미있게 한글 깨치는
맨 처음 한글 동시

1판 1쇄 발행일 2025년 2월 24일

지은이 김영주
그린이 김선배

발행인 김학원
발행처 휴먼어린이
출판등록 제313-2006-000161호(2006년 7월 31일)
주소 (03991) 서울시 마포구 동교로23길 76(연남동)
전화 02-335-4422 **팩스** 02-334-3427
저자·독자 서비스 humanist@humanistbooks.com
홈페이지 www.humanistbooks.com
유튜브 youtube.com/user/humanistma
페이스북 facebook.com/hmcv2001 **인스타그램** @human_kids

편집주간 황서현 **편집** 이주은 **디자인** 유주현
용지 화인페이퍼 **인쇄** 삼조인쇄 **제본** 해피문화사

글 ⓒ 김영주, 2025   그림 ⓒ 김선배, 2025

ISBN 978-89-6591-607-9 73810